nov 19 2011

a Iris Ma

Gracias por dar su testimonio,

y por ayudar a mujeres.

Sobretodas las cosas por haber

ayudado a su hija - quien fui yo

10 años atrás

Lo que no dije

altoalsilencio.org

Ada M. Álvarez Conde

Primera Edición: 2006

ISBN: 1-59608-215-1
Ediciones SITUM, Inc

Impreso en Puerto Rico por:

BiblioGráficas

201 Calle Federico Costa Ste.22

San Juan, Puerto Rico 00918-1317

Tel. 787-753-1231 Fax 787-753-1222

www.bibliograficas.com

ventas@bibliograficas.com

Lo que no dije

Dedicatoria

Dedico Lo que no dije a mis padres: Fermín Álvarez Silva y Ada Conde Vidal, a Elvia M. Ramírez, la primera persona que leyó este libro, a las personas que han dejado huellas en mi corazón, que me inspiran cada día y a todas las víctimas silenciadas de la violencia doméstica.

Nota de la Autora

El 22 de diciembre del 2003, a las cuatro y cuarto de la tarde frente a una ventana, comenzó a llover. La lluvia fue muy fuerte y creó una neblina que impedía la vista hacia fuera. Me dio un poco de nostalgia y miedo y pensé en hacer lo que siempre hacía con estos sentimientos, escribir. Traté de empezar un poema, pero salió el prólogo que hoy vas a leer. Como un relámpago, se juntaron todas las cosas en mi cabeza y pensé en una historia. Una historia, que unía mi experiencia, lo que había leído e investigado con ese papel.

Al escribir la última oración del prólogo, obtuve el título de lo que sería mi sueño, una novela. Estuve ese día organizando los sucesos y las partes. La primera parte la terminé en ese mismo día. Estuve seis horas escribiendo. A lo largo del semestre volvía a ella para la segunda parte y fue terminada en diciembre del 2004. Desde el 2005 estuve editando y pasando la novela a la computadora, buscando estimados y trabajando para costear Lo que no dije.

Mi nombre es Ada M. Álvarez Conde, tengo 19 años y resido en Puerto Rico. Nací con una condición del corazón llamada Tetralogía de Fallot. Fui operada por primera vez a los ocho años y desde ese entonces comencé a escribir poesías y componer canciones. A los 14 años fui operada de corazón abierto por segunda vez y comencé una relación de un año y siete meses que terminaría en el tribunal. Desde ese momento descubrí mi otra pasión, ayudar. Viendo a mi madre como abogada y mi padre, como ex periodista y líder estudiantil en su natal Cuba, decidí hacer algo. Yo no quería ser una copia ni un reflejo de ellos, quería apropiarme de ese ejemplo y con mis pasiones demostrar que uno mismo es su propio límite. Mi herramienta sería mi lenguaje y mi escritura.

"La lectura no es importante porque divierta, ni porque nos transmita información, sino por algo más trascendental: porque la inteligencia humana es una inteligencia lingüística. Sólo gracias al lenguaje podemos desarrollarla, comprender el mundo, inventar grandes cosas, convivir, aclarar nuestros sentimientos, resolver nuestros problemas, hacer planes. [...] Para que nuestra inteligencia sea viva, flexible, perspicaz, divertida, racional, convincente, necesitamos, en primer lugar, saber muchas palabras".

José Antonio Marina, La inteligencia y la palabra (mensaje para el día del libro de 1997 en Castilla-La Mancha)

Una vez escribí en un poema: “Me siento capaz y ya no tengo miedo, ya no necesito a mi mundo para esconderme, ahora es que me he percatado, que no hay a quién temerle, nadie sabe lo que soy de mi gran energía, pues sólo yo soy y he sido mi peor enemiga.” Con decir lo que no había dicho, con decir lo que algunas no han podido decir, quisiera que todos pudieran creer esas palabras que una vez escribí. Como estudiante de periodismo, estoy clara que saber hechos no es lo mismo que procesar información, con la cual tomamos decisiones que cambian nuestras vidas. Vidas que son fuertes como las emociones y frágiles ante el tiempo. Tiempo que molesta porque pasa rápido, consume; pero que para algunas mujeres es su peor enemigo, su desenlace, su final.

Lo que no dije, es un sueño para mí. Quiero ayudar a las mujeres que están comenzando a tener una relación violenta o las que ya están en ella. Llegar a las escuelas y universidades, donde comienzan. Darles herramientas a los que están alrededor de ellas para que las orienten. Este es mi granito de arena. Ayúdame a demostrar que una persona puede cambiar el mundo. Este libro lo he publicado sola, con el deseo de que este poquito de mí, desde Puerto Rico, pueda llegar lejos a las personas que lo necesiten. Dicen que el que calla otorga y espero profundamente que apoye mi novela, para que muchos lean LO QUE NO DIJE y salgan de la soledad, del maltrato y sobretodo del silencio. Escríbeme a: loquenodije@yahoo.com y visita www.lacoctelera.com/loquenodije para más información.

Prólogo

Son las cuatro y diez de la tarde y veo mi muerte por la ventana. Siento que alguien me arrebata y me eleva a otro lugar que creo mejor. Siento la compañía de un ángel que me protege. Pero ignoro su voz porque es mi despedida.

Siento de repente que pude haber hecho más. Pido para que lo que hice sea un ejemplo. Siento que no es justo y siento que llegó mi hora. Realmente quisiera estar tranquila y conciente de que es mi última oportunidad. Aunque lo que hago es pedir perdón, limpio mis errores y entrego mi corazón.

Deseo poder existir otro día para vivirlo. Deseo vivir lo que he planificado y no he logrado efectuar. De todo corazón deseo hacer lo que quiero. A la misma vez, en este momento, una fuerza superior me invita a desear mi muerte para salvar a los demás que simplemente no han vivido.

Aquel que obtuvo lo que deseaba, sufre si se tuviese que terminar. Es más fácil sufrir por algo que se tuvo y se perdió, que por algo que sólo se deseó y no se llegó a conseguir. Por eso fue más fácil herir a los que amaba, porque sabía en mi corazón, que estarían comoquiera ahí.

Aprendí que en el amor es importante cerrar los ojos sin cegarse.

En una nube gris, no veo el mar y estoy a su lado. Es el símbolo que pasa por mis ojos en este instante, en este adiós. A Dios le pido un momento para que pueda ver las bellezas que descubrí. Le pido que no me haga sufrir y que me lo quite todo de una vez; para que cuando recuerden lo que tuve, le puedan echar la culpa a él. Un tiro, un relámpago, una alarma, que refleja en un segundo mi vida entera. En lo único que pienso es que soy dichosa de que en este momento puedo escribir lo que siento, porque la pena mayor de este adiós recae en lo que no dije a tiempo.

Primera parte

I

Mi nombre es… mmm no sé si decirlo todavía. Aquí es muy fácil juzgar a las personas por su nombre. Bueno, diría yo que por el apellido. Claro que me juzgaron, desde pequeña. Aunque ahora acepto la realidad, no puedo borrar a mi familia. Soy hija de la Dra. Mercedes Rivera.

Realmente no tiene mucho que ver con lo que me pasó. Aunque pensándolo bien, por ella fue que me criticaron, por la reputación que tenía. Es una buena Doctora. Pensaron que sólo era una niña rica. Pensaron que era una más, sólo porque no hablaba mucho.

En la escuela superior, me encantaba la clase de historia. Decidí estudiar eso en la universidad. Me convertiría en maestra de mi clase favorita, ¡qué historias me contaba él! Nunca había conocido a un muchacho con tanta inteligencia y profundidad. Era un ser misterioso.

Fue traumático el proceso de adaptación a la universidad. Me sentía sola en la escuela pero, más sola estaba allí. Los profesores no eran tan atentos, era todo muy diferente. La mayoría me hacía sentir mal. Ellos trataban de demostrar que sabían más que tú.

Ese cambio fue muy importante para mí. Nunca estuve expuesta al mundo fuera de mi casa y de mi escuela. Mi refugio fueron los estudios siempre, ya que quería aprovechar el tiempo. A pesar de todo estuve en varios grupos escolares que me hicieron conocer personas excepcionales. En cuanto a mi salón y mi clase graduanda, siempre supe que nunca los olvidaría. Aprendí mucho junto a ellos, aunque fuera en silencio.

Mi primer año en la universidad fue un golpe a la realidad. Me tuve que conocer a mí misma y tuve que conocer el mundo que me rodeaba; tantos estilos de personas. Tantas cosas que desconocía y me llamaban mucho la atención. Ese primer año, me enfoqué en mis estudios. Me di cuenta que realmente necesitaba llenar un vacío, que ni yo pude descifrar.

Conocí a varias personas ese año, pero fueron más que nada mis compañeros de clase. No llegué a establecer una amistad fuerte con nadie. Mi experiencia en la escuela hizo que me acostumbrara a estar sola. Para mí siempre fue importante el graduarme, el trabajar. Liberar mi mente siempre era una prioridad, como si escapara de algo siempre. Ese año lo invertí en las clases y las asignaciones.

Empezó el segundo año universitario. En vacaciones la pasé con mi mamá en la casa. Yo estaba hospedada en un apartamento cerca de la universidad. Realmente no era tan lejos mi casa, pero si iba a estar sola prefería tener un lugar que sintiera mío. Estaba emocionada porque me iban a dar clases relacionadas a la carrera, en vez de los estudios generales. Tenía diez y nueve años, sabía lo que quería pero me sentía sola.

¡Qué año de universidad! Había tenido contacto con otros chicos antes, pero ninguna llenaba mis expectativas. Verdaderamente era difícil encontrar alguien como yo. Tan sencilla, tan pasiva y tan buena. No quiero sonar orgullosa, yo misma no me lo creía, pero mi sicóloga dice que uno debe comenzar a hablar bien de uno.

Ocurrió en septiembre. Estaba pasando frente a la cafetería cuando quise comprar agua. Busqué en mi mochila mi billetera y saqué un dólar. Con el dólar saqué las otras pesetas que tenía y se cayeron al piso. Vi unos pies, los de él, que me estaba ayudando a recogerlas.

Que amable, pensé yo. Por fin un contacto con alguien que parecía ser emocionante. Quién iba a pensar que yo iba a conocer al hombre de mis sueños. Mi príncipe azul en el piso rescatándome. No quiero ser cursi, pero así yo pensaba antes, mucho antes.

Pelo negro, ojos marrones, una boca linda y muchas cosas que en general me parecieron interesantes. Me dijo "de nada" luego de agradecerle el gesto y ahí quedó todo. No lo vi más por allí. No fue hasta tres años después que me lo encontré. Estaba buscando información sobre los estudios prácticos. Había terminado mi bachillerato y estaba trabajando en una escuela.

Me pareció un poco raro. Me reconocía, pero como que no sabía de dónde. Estaba casi igual que antes, pero se veía más adulto. Estábamos mirando una noticia en el televisor de ese cuarto. Me considero tímida y para ese tiempo lo era más. Buscamos un tema y comenzamos a conversar.

Mientras hablamos, nos conocíamos poco a poco. Mostraba interés y era una persona muy diferente. Tres meses después me pidió que fuera su novia. Se pasaba diciendo cosas bellas de mí, cosas que no me habían dicho antes. Todo era perfecto, bueno eso, pensaba.

Cada vez que me hallaba en el cuarto me ponía a pensar en la historia. La historia de nuestro encuentro, la historia de nuestras vidas. Yo era hija única y él también. Se alejaba de su padre, el mío se alejaba de mí. Su madre había muerto, la mía simplemente estaba muy ocupada. Se sentía solo y yo estaba sola.

La primera vez que salimos fue al cine. Por primera vez no vi la película. Me recostaba en su hombro y lo besaba. En una ocasión de la noche, trató de sobarme el pecho. Digo que trató porque puso la mano y se la quité. Yo no me consideraba rápida, porque pensaba que si lo era, me podía dejar.

Hubo muchas citas como esa. Fuimos a la bolera, al bosque, a la playa, a museos, entre otras cosas. Todo parecía ser perfecto. Sí, él era único. Él me quería. Estaba muy orgulloso de mí y se pasaba diciendo que yo era su novia. Me tenía emocionada con la publicidad extrema que le daba a la relación.

Cuando hablaba, a veces me miraba mucho. Me miraba de una forma extraña y bonita. Era muy diferente porque trataba de analizarme. El era perfeccionista y buscaba todos los detalles. Hubo un momento en que hablábamos y él sabía lo que yo estaba pensando.

Era normal para mí. Es más, lo veía como una prueba de amor. Esos análisis, esas miradas, esos celos. No me importaban ya las otras cosas. Sólo me importaba él. Mucha gente me ve como una joven callada y pensativa. Es que siempre me dedicaba al trabajo y a él. ¿Eso es malo? Porque todo este tiempo me habían dicho que esa debía ser mi meta. Encontrar un hombre, terminar los estudios, crear una familia y dedicarme a ella.

Tenía veintidós años. Yo pensaba que era mejor esperar más para tener hijos. Quería disfrutar esa etapa en mi vida como mujer. Ser suya por un tiempo y que él fuera mío. Lo quería aprovechar porque para mí él era un sueño hecho realidad.

II

Hubo algo que me extrañó de él. Normalmente no hablaba con hombres, al menos que fuera parte de mi trabajo. Cuando me buscó me vio hablando con el maestro de español, el profesor Mateo. Sólo estaba hablando con él para integrar ese año nuestras clases un poco más. Cuando le tocara el tema de la historia y los comienzos de la literatura.

Me miró fijamente y estaba atento a la conversación. Armando me vió y estando en el carro, tocó la bocina. Le hice una señal para que esperara un momento. Terminé unos minutos después y me monté en el carro. Comenzó la interrogación.

"¿De qué hablaban?", me dijo. "Bueno pues de clases mi amor, obviamente", contesté. Comenzó en ese momento una corriente de temas pasivos pero hirientes de su parte. Yo le había faltado el respeto, era mi culpa. Se me olvidaba que eso le daba razones para molestarse, pero ¿a quién no verdad?

Desde ese día sentí algo raro. Algo diferente en la manera de verme a mí misma. Me llevaba de vuelta a mi pasado. Cuando me llamaba diciendo mi nombre completo, Isabel Morales Rivera, sabía que pasaba algo. Lo decía con la intención con que lo hacía mi madre. Yo había tenido la culpa.

Estar con él me hacía sentir importante. No había sido tan valorada. Con sólo hablarme, Armando hacía que yo tratara de luchar por lo que quería. Lo único que pedía era que lo hiciera con él, que contara con él en todo, que lo escuchara y aprendiera de sus experiencias; sobre todo, que siempre estuviera para él cuando me necesitara.

Yo pensaba mucho en entregarme a él. Había esperado unos meses y para mí él era el escogido. Teniendo 22 años muchos habían pasado por la experiencia, pero yo no. Yo creía en hacer el amor, no tener sexo. Yo pensaba también en el matrimonio, pero me asustaba la probabilidad de que un papel nos separara.

Había que pensar que ya no éramos niños. Yo lo veía más que como novio, como un hombre. Se pasaba diciendo que yo era su mujer. A la vez que me preguntaba que si lo era por qué no hacía nada con él. Me hacía sentir culpable porque yo lo estaba desesperando, y cada vez que me negaba, no entendía lo mucho que me amaba.

Hay que tener confianza en la pareja y mimarla mucho. A pesar de todo, no quería arriesgarme con Armando. Así que decidí considerarlo y hablé con él de eso. Lo único que me preocupaba era que luego de hacerlo, se decepcionara. No quería sentir que se volviera rutina o algo parecido, ya que no tenía experiencia, pero como siempre yo confiaba en él.

En diciembre, tuve mi primera relación sexual. Ya no sería considerada pura, pero con tanta espera, no me importó. Realmente estaba segura de que iba a durar con él mucho tiempo. Era todo muy romántico. Él me decía que me amaba con sus caricias. Demostró que me amaba locamente.

Tenía miedo porque era algo doloroso. La luz estaba a medias y veía su sombra en la pared. Me desbotonó la camisa y me mandó a que me soltara el pelo. Mi largo pelo marrón, cubría más o menos mis senos, me sentí bien con su mirada, como si estuviera recibiendo un regalo.Lo demás fue rápido. Dentro de su mirada dulce y tierna, había un gesto devorador. Yo no pensaba en que me desnudaría, sino en lo que sucedería después. Me acosté y lo único que sentía era al viento. Su mano reposó en mi cachete y me besó.

Con sus piernas separó las mías. Me puso la mano detrás de la cabeza y sentí dolor. Di un grito y le pedí que esperara unos segundos. Al rato ya gemía y me sentía con él. Ese momento fue mágico. El primer encuentro de muchos que vinieron después.

No hablo mucho de esto porque es algo prohibido. Algo que todo el mundo se imagina que pasa pero que niegan de la realidad. Por mi edad ya era normal no ser virgen, pero hay algo más allá de mitos y de costumbres que trasciende. Que me hacía cuestionar a quién verdaderamente le importaba.

Quizás el matrimonio era la obligación de fidelidad más comprometedora. Aquello que te aseguraba que cuando tu esposo saliera de trabajar iba a dormir contigo. Era la prueba de amor más compleja y sacrificada, porque jurabas estar ahí sin importar lo que pasara, sin saber el futuro. Nadie sabe lo que va a pasar, pero se recuestan en el pasado para vivir un día más y así, poco a poco se crea el futuro.

El matrimonio aseguraba estar ahí pero sin mirar al pasado mucho y eso a veces es extremadamente difícil.

Lo más molestoso es que digan que hay sólo una manera de hacer las cosas bien. Cuando hay tantas formas de ser felices, por qué negarlas a las personas. Lo único que siempre tuve claro es que debía hacerlo con una persona que yo le entregara mi corazón. Como dije, hacer el amor, no tener sexo. No basarlo en un mero placer y capricho, cuando a través de la historia, es lo que ha dañado las relaciones.

Muchos se recuestan en los tiempos de antes. Cuando hay que vivir las cosas al momento. El presente hace el futuro y el pasado no crea nada más que nostalgia, porque nunca puede ser adquirido de nuevo. Es algo que Armando sabía hacer muy bien: analizar, crear, amar. Eso me bastaba a mí para sentirme comprometida, en un compromiso que no era un contrato de papel sino una alianza donde estaban en juego los corazones.

Pasaba barreras de tiempo y espacio. Era como dejar que fluyera en mí su espíritu y él odiaba que hablara mal de hacer el amor, porque entendía que era lo más normal. A veces me cuestionaba si el haberlo conocido me había hecho cambiar de opinión. Se llevó mi inocencia, pero de una manera sublime y silenciosa, yo se la había dado.

III

Él sabía mi estilo. Sabía mi manera de pensar, de hablar y de actuar. Sólo él sabía cómo ablandar mi corazón cuando salía de su boca mi nombre. En ese momento daba gracias a Dios por habérmelo dado. El regalo de sentirme amada, ya que no lo había sentido antes. A veces pienso que él me tiene en sus manos y qué mejor que sus manos para guiarme, moldearme. Bueno, me habla de política, filosofía y de historia. Me entiende y me ama.

Planificamos quedarnos en un hotel. Estábamos ahorrando dinero y podíamos darnos una escapada. No venía mal porque me alejaba un poco del trabajo. Armando no hablaba mucho de sus gustos, pero yo veía en sus ojos algo bueno. Después de todo, dicen que los ojos son la ventana del alma.

Llegamos allí e hicimos los trámites. Vimos el área cogidos de la mano. Me pidió que me sentara por un breve momento en lo que hablaba con los encargados para tener más detalles. De una manera u otra, le gustaba tener el control en eso, por si acaso. Luego entramos al cuarto y acomodamos las cosas.

Salí a comer en el restaurante del hotel. Planificamos qué íbamos a hacer después por la mañana. Comenzamos a hablar de muchas cosas. En lo que le expliqué lo afortunada que me sentía y lo mucho que me gustaba estar con él. Al rato me llevó al cuarto.

Puso su mano en mi pantalón. Me coloca en la cama y pide que me siente. Pone sus manos en mis ojos para que los cierre. Algo frío toca mi garganta y el pide que los abra de nuevo. Como siempre, pide y yo concedo.

Abro los ojos y me da un pequeño espejo. Un collar de plata en forma de un ángel. Saca otro de la inusual caja y me lo entrega. No entiendo. Es ahí cuando me señala su cuello y me muestra su espalda. Le pongo el collar.

Detrás del collar mío, detrás del ángel, tenía su inicial. Una letra A en mayúscula encerrada en un corazón. Su ángel tenía este peculiar grabado aunque, con mi inicial. Una letra I encerrada en un corazón, justo en el medio de las alas del ángel. Siempre él fue mi ángel.

No era tan grande pero para mí era un símbolo. Los dos estaríamos dedicados uno al otro. Ahora sí había seguridad y compromiso, por el ángel y por haberme entregado su corazón. Me entregó unas llaves.

Nueva vida, nuevos sueños y una gran adaptación. Me hizo dejarlo todo, mi apartamento, para irme con él a una nueva casa. Estaría más con él y lo tendría a mi lado. Estaba muy contenta antes y ahora. Armando y yo viviendo juntos, para siempre, juntos.

Él había planificado mudarse pero en sus planes no estaba en que lo hiciera conmigo. Me explicó que al conocerme se dio cuenta de la importancia del amor, que es lo que perdura siempre. Que las cosas materiales y los lujos no servían de nada si no tenía con quién compartirlos. Me dijo también que con el tiempo, a pesar de ser poco, se daba cuenta que era yo la persona qué más lo había querido y que él estaba dispuesto a amar.

Me dediqué a mudar las cosas. A trabajar por nuestro nuevo hogar. Aunque fuera rápido, mi corazón sabía que era él con quien yo quería estar. Por eso me di la oportunidad de ser feliz. A mi manera y con quien yo quisiera. Armando era mi hombre, mi esposo, mi amigo, mi compañero y sobretodo mi vida.

IV

Ya van tres meses en el nuevo hogar. Es bastante cómodo y bonito. He tenido la responsabilidad de decorarlo. Es una urbanización muy bonita. Es nuestro nido de amor. Un nuevo reto y nuestro logro personal.

Quién diría que en menos de un año compró una casa. Normalmente uno espera más tiempo para estar segura del cambio. Comoquiera él no es común. Son las parejas normales, las que más esperan y menos duran. Para tratar de asegurar una felicidad y un amor que si hay que probarlo, no existe.

Muchos comentan que todo va tan rápido. Es que siento que nos conocemos tanto.

Sabe todo sobre mí y yo mucho sobre él. A él le gusta lo que lo complace y para eso estoy yo. Yo estaré aquí para Armando siempre que me necesite.

Siempre es una palabra extrema. Las cosas se vuelven historias y las historias pueden ser olvidadas. Dando clases de historia he podido comparar esta relación pero nuestra relación no se basa en mitos sino en realidades que no se borrarán jamás. Nuestra historia será una que sirva de ejemplo.

Cerca de la cama tenemos una foto nuestra. Las paredes azul celeste nos dan tranquilidad y nos inspiran a viajar más allá. Las velas que acompañan el otro extremo de la cama lo hacen ver interesante. Yo duermo en el lado derecho de la cama y él en el lado izquierdo. Mi mesa tiene libros y la de él está vacía.

Es raro ver cómo nos compenetramos tanto siendo a veces tan diferentes. Es una persona bastante solitaria. Bueno, tiene amigos, pero comoquiera es muy cerrado en sí. No confía en todo el mundo. Quizás por eso me ama más, porque no le exijo tanta información.

Yo sólo sé que no habla mucho de su familia. Si escucha a alguien hablar de sus hijos, se detiene a escuchar. Es como si le faltara algo y lo encuentra en esas conversaciones. ¿Qué le habrá pasado exactamente? Le preguntaré, algún día.

Esto es tan raro. Es como cuando era adolescente y no había decidido dónde estudiar. Ser maestra era mi sueño, aunque lo llegué a dudar por la presión de mi madre. Hizo muchos comentarios que hicieron que llegara a la conclusión de que le hubiese gustado que yo no fuera maestra. Ella hubiese deseado que yo fuera como ella.

¡Qué momentos aquellos! Pensar en lo que eras y lo que podías llegar a ser. Lo que me pasa ahora con él. Sé que estoy contenta pero algo me dice que nada puede ser tan perfecto. Tan feliz que estaba, bueno, que estoy. ¿Por qué pienso en esto?

V

Estoy contenta porque se acerca el tiempo de notas. Mis compañeros de trabajo están ajorados calificando exámenes, pero yo ya lo hice. Para celebrar, ya que se acaba el primer trimestre, van a hacer una fiesta. Me lo dijeron hoy y espero decírselo a Armando.

Luego de que me buscó Armando en la escuela, me llevó a la casa. En lo que terminaba de hacer una diligencia, yo empezaría a cocinar. Al volver le contaría sobre la fiesta. Me siento en el sofá, miró el reloj y ahí abre la puerta. Me da un beso, se quita la camisa. Me pregunta "¿y esa cara de felicidad?". Le contesto: "Mi amor, quiero hablar contigo."

Le dije que la fiesta era el viernes 14 de octubre en la escuela. Que sería en la cancha y que la vestimenta era semi-formal. Su cara se tornó extraña. Sus ojos se veían tristes y parecía enfadado. Quizás fue que no le había dicho todavía que mis compañeros querían conocerlo.

Se levantó y me dijo que él no podría ir porque tenía una reunión, un compromiso con alguien. Asumí entonces que tendría que ir sola, pero no lo dijo. Le tuve que proponer la idea. Lució más enojado y no me dejó. Reflejó por primera vez que me tenía que dar permiso.

Yo quería ir. Le pedí de la manera más sutil que lo considerara. Tampoco podía ser muy obvia porque podría pensar que yo tenía otras intensiones que no fueran las que yo les decía. No me convenía que supiera que ahí estaban esperándome. Estaba sentado allí con la esperanza de que apareciera. El escape me parecía una buena idea.

A veces llegué a pensar que él lo sabía. Pensaba que me quería tanto que ejercía un control. Un control que demostró ese día. No lo veía como el control que decía la gente, sino como el control que se suponía que tuviera una persona que me amaba mucho. Comoquiera me asombré y esperaba que no se repitiera un día como ese.

Salió por la puerta luego de que yo le mencioné algo de la actividad. Gritó"¡no!"y luego me exigió un beso. Yo sentía culpa, sentía mucho. Me miró fijamente como si buscara algo. Sentí cariño, sentí protección. Me sentí querida y a veces llegué a sentir odio. Odio a lo que me criticaba la gente y a lo que hacían. Quería ir, pero mi deseo ponía en juego su felicidad y a la vez mi libertad; pero se la di.

Llegué a creer poco a poco en su manera especial de querer. Creí también lo que me decían mis compañeros. Nadie sabe lo que pasé ese día. Cuánto enojo por su control. Cuánto enojo conmigo misma porque aunque quería ir, dudaba de que estuviera hecha para eso. Dudé si realmente valdría la pena. Dudé sus ojos porque cuando me miró encontró algo, vergüenza.

Manipuló las palabras y las usó como distracción. No veía sus intensiones y me conformé. Me acosté a su lado. Me encerré en mi misma y me decidí. No iba a pensar más. Al otro día todo estaría bien, porque yo esperaba que cambiara de opinión.

En la escuela no hablé con ninguno de mis compañeros. Ni siquiera con mi amigo el maestro, con nadie. Quizás pensarían que era ridícula si les decía que no tenía permiso. Gracias a Dios pasó el día rápido, llegué a mi casa y allí pasó el tiempo, lentamente.

Eran las siete de la noche y empezaría en ese instante la actividad. Yo estaba en el baño encerrada, luego de haberme bañado, simplemente pensando. Aprovechando un poco mi soledad. Golpeó la puerta. Me exalté y la abrí. Estaba muy guapo y a pesar de que tenía esperanza de que cambiara de opinión, sabía que no estaba esperando por mí. Me dijo que saldría. Me dio un beso rápido. Se fue, sacó el carro de la marquesina mientras lo veía por la ventana.

Me senté de nuevo en el sofá y me dejé llevar por el sonido del viento. Era libre. Yo estaba presa. ¿Qué hubiera hecho él, si eso mismo lo hubiese hecho yo? Pero, ¡qué cosas digo!

VI

La vida en los monasterios. Esa fue la lección de hoy en mi clase. Cómo en la Edad Media, miles de personas estaban dedicados a la Iglesia. Rezaban y estudiaban allí. Estaban alejados de la vida cotidiana.

Las monjas y los monjes seguían una rutina de oratoria y alabanza, yendo hasta ocho servicios al día. Los monjes comían juntos y trabajaban en los jardines o haciendo manualidades. Se centraron en San Benedicto de Nursia, alrededor de los años quinientos. El servicio a los demás y la supervivencia independiente. Una historia hecha realidad, en mí.

Me siento rara con Armando. Sigo amándolo, aunque hemos tenido varias discusiones. Lo que pasa es que a veces se me olvida que lo debo respetar. Tengo que tratar de complacerlo ya que me ha dado todo. Es mi todo.

La mayoría de las veces me quedo aquí, en mi casa, nuestra casa. Me quedo a limpiar, a preparar mis clases y cuando Armando llega, obviamente, lo atiendo. Soy su mujer, su amiga, su compañera, soy su familia, soy suya. El me ha demostrado lo mismo. Él sólo me quiere a mí.

Espera con ansias que yo haga lo mismo. Espera que lo cele y demuestre que lo quiero. Tanto así, que me pidió que no hablara mucho con mis compañeros maestros. Él dice que el problema de hablar es que pueden confundir un compañerismo con una amistad. Armando piensa que las amistades ocupan tiempo y prefiere que ese tiempo lo tengamos para los dos.

Yo lo entiendo. Personas cercanas me dijeron una vez que eso es una señal de obsesión y posesión, pero no lo creo. Una vez le comenté a Armando que me lo dijeron y me prohibió hablar con esas personas. Me trataron de meter cosas en la cabeza, pero Armando me protegió.

No es la primera vez que me protege, ha habido ya muchas ocasiones en las que lo ha hecho. Yo simplemente estoy en mi monasterio, nuestra casa. Como cuando expliqué ese material en clase. Es una devoción interna, un servicio, una felicidad que se busca en un solo lugar. Ese lugar es éste.

No importa que no use el teléfono, que me dedique en la escuela a mis clases, que me dedique a nuestra casa. No importa que siga sus consejos siempre, para eso estoy; eso me decían. Estoy feliz así y todo esto es normal. Armando y yo nos amamos y eso es lo que importa. Somos uno para el otro.

VII

Isabel está feliz. Así me gusta. Así la quiero. Es que ella sabe mis intensiones. Sabe que quiero que realice sus metas, pero conmigo.

Estoy en todo porque la amo. Es la primera persona que me acepta como soy. Sé que no soy perfecto, pero soy Armando Castro e Isabel me ama completamente. Todo va bien porque entiendo que estamos unidos. Somos dos personas convertidas una.

Al principio estaba un poco tímida, pero se abrió conmigo. Se expresó y se liberó en todo el sentido de la palabra. No me gusta pensar en detalles, pero ella hace todo especial. Lo que habla, hasta lo que hace en la intimidad. Ella realmente se entregó y está entregada a mí.

Espero que no le coman el cerebro con ideas falsas. Yo la protejo del mundo. Que no venga un idiota y trate de conquistarla. Ella no lo haría ¿verdad? A ella no le conviene.

Ella sabe que si no es conmigo, no va a ser feliz. Para ella yo soy el único. Me alegra que lo sepa, más vale que no lo olvide. Ella es todo. Ella es lo que yo quiero que sea.

Es la madre que no tuve. La que me abandonó desde que tenía seis años. La que desapareció porque mi papá le reclamó algo. No importa, porque Isabel es Isabel. Ella no me abandonará, no lo haría nunca.

Espero con ansias hacerla mía. Más de lo que es mía ya. Quiero más de ella. Pienso en ella siempre y no puedo sacármela de la mente, mi Isabel. Mía, solamente mía, ahora y siempre.

Segunda Parte

I

Me tocó dar una clase de salud en sustitución de la maestra López. El tema era sobre los valores y la amistad. Empecé primero a discutir el de la amistad que aparecía en el libro de texto. Llamé la atención con el tema, ya que muchos querían opinar.

"Es algo necesario maestra" dijo Félix. Le pregunté por qué y me dijo que sin eso no podríamos vivir porque estaríamos muy solos. Fue entonces cuando le mandé a leer la información del libro. Revelaba que era una necesidad, porque era lo que nos hacía descubrir nuestras habilidades, nuestros defectos y toda nuestra personalidad.

Se fue la hora bastante rápido. Quizás porque me sentí importante con la participación de los estudiantes. Eso también me puso a pensar en mis amigos. Por la descripción del libro, no tengo amigos; tengo compañeros. Voy a hablarle del tema a Armando, él sabrá decirme. De todos modos, es lo único que tengo.

Llegué a nuestra casa y esperé por él. Cociné su comida favorita para complacerlo. Llegó, comió, me besó, se cambió y se puso a ver televisión. Me preguntó si estaba contenta y por qué. Le expliqué lo que pasó en la clase.

Entonces le dije que me gustaría tener amigos. Se exaltó rápido y me preguntó por qué. Empezó a subir el tono de voz en lo que me explicaba que eso no era necesario. Que eso significaba que no lo amaba. Que estaba buscando otras cosas, que era una inconforme, que le había faltado el respeto.

Me quedé asombrada. Buscaba entre sus ojos una explicación por lo que decía. Fue entonces cuando le pregunté si me podía decir cuál era el problema. Era cuestión de tener un cambio ya que él sí los tenía. Me miró molesto.

Me dijo que era diferente porque yo era mujer. Me reclamó y me dijo que si yo era una buena maestra, debería saber que siempre fue así. Que era de esperar, ya que las mujeres eran vistas como una tentación y uno no sabía cuándo alguien podría tener otras intenciones. Que normalmente eso traía consecuencias que podían afectar a una pareja, mucho más a nosotros.

De la nada comencé a llorar. Me sentí culpable por molestarlo, pero a la vez, estaba molesta por su actitud. ¿Qué había hecho yo? No entendí qué pasaba ni qué estaba pasando. Él me miraba mal, como si pensara que me hacían dudar de él y de nosotros.

Me vio, me agarró el brazo y bruscamente me levantó la cabeza con su mano izquierda. Me abrazó y me dijo: "te amo". Más dudas ocuparon mi pensamiento. ¿Qué estaba pasando? Me quería pero me odiaba, me protegía o me envidiaba.

Me dijo que me quería y la razón por la cual pensaba así. Me habló de la historia, las costumbres y lo peligroso. Fue entonces cuando vio que hice un gesto repugnante que le hizo entender que eso me hacía dudar de él. Me miró asombrado, diciéndome que tenía una solución. Se veía confundido.

No era la mejor solución pero era algo. Podía hablar con mis compañeros maestros (me daba permiso) pero para salir, tenía que ir él. De esa manera estaría compartiendo con ellos sin dejarlo nunca afuera. Me dijo, además, que cuando hablara por teléfono, lo tenía que hacer cuando estuviera él en la casa y que además iba a estar en la línea.

No estaba mal. De todas formas yo no sabía qué era una amiga a esas alturas ni esas salidas. Lo iba a tener a él de orientador. No me iba a abandonar. Entonces fue que comprendí que a pesar de todo me quiere. Me quiere para él y me cuida. Cuando aclara y demuestra que soy sólo suya, demuestra que me ama.

II

Me gustó el grupo de amigos que creé. Compañeros de trabajo al principio lo vieron como algo raro, pero se alegraron de que saliera. Armando se pasaba abrazándome mucho cuando salíamos. Si había un maestro envuelto no me acercaba mucho a él, porque Armando no lo permitía. Era celoso conmigo.

Todo estaba tan bien que comencé a preguntarme si quería tener una familia. Armando me daba a entender por medio de indirectas que lo estaba pensando también. Yo siempre le pedía que se protegiera en lo que nos aseguráramos de que queríamos eso. A pesar de que luego de un tiempo de estar juntos me cuestionó la importancia de la protección.

"¿Para qué necesito condones mi amor?" Estaba harto, según él, de vivir conmigo y "actuar" como un extraño. Si él fuera una aventura o algo así pues era necesario, pero para él y para todos, era mi hombre; mi marido. Para él, pedirle eso luego de tanto tiempo, era una desconfianza.

"Isabel, ¿a qué le tienes miedo?" preguntó Armando. Le contesté que a nada, con él a nada, sólo que quería que todo fuera perfecto y a su debido tiempo. Era de esperarse que me iba a presionar. Surgió el tema unas cuantas semanas más. No sabía qué pensar al respecto con tanta presión.

Comoquiera seguíamos saliendo. Hasta me acusaba de callejera y fiestera porque me gustaba salir con él. No le gustaba que saliera en grupo tanto. Según él, ya les había dedicado tiempo suficiente. Que era mejor que siguiera siendo como era, una muchacha de la casa, no una que saliera. Que eso podía poner en juego mi reputación. Aún saliendo con él.

Entonces surgió la magnífica idea de pasar un fin de semana en un parador. Así nos escaparíamos por un tiempo y dejaríamos el trabajo fuera. Como la primera vez que hicimos algo parecido. Sería como una luna de miel. Disfrutando de aquellas cosas bonitas que nos daba la vida, con la persona que era mi vida.

El tema de los hijos surgió nuevamente luego de que viéramos parejas en familia allí. Yo pensaba en eso, pero estaba insegura. Pensaba en Armando, pensaba en mí, en nosotros. Claro que quería ser madre, pero temía que dañara o cambiara la relación. Según la gente me quedaba mucho por hacer, pero a la vez, la sociedad demostraba adelantarse en esas responsabilidades.

No sé que pensar. Me siento mal porque Armando dice que si lo amo se lo debo demostrar. Otra prueba de amor. Una prueba que no podía ser sólo una prueba sino un compromiso. Un compromiso que hasta ahora, sólo había tenido con él.

III

Habíamos llegado prácticamente tarde. Tratamos de irnos lejos y el camino duraba tres horas. Estaba bien cansada, aunque eran las cinco de la tarde. Lo primero que hicimos fue desempacar que no era tanto, porque era sólo un fin de semana. Era viernes y en el parador había un restaurante especializado en mariscos.

Decidimos ir allí. Supuestamente tenían más variedad ese día y lo más fresco. Comí demasiado. Langosta, camarones y hasta salmón. Todo estaba muy bueno.

Luego de terminar la comida, Armando pidió vino. Comenzó con dos copas de vino para celebrar el tiempo que llevábamos juntos. Tomé bien poco y lo que quedó en la copa se lo bebió él. Estaba borracho aunque estaba bastante alerta. Se tomó casi toda la botella.

Eran como las ocho de la noche. Habíamos hablado mucho y nos dirigíamos al cuarto. Se quitó la camisa poco a poco, yo hice lo mismo. Comencé a buscar entre las cosas el pijama que había traído. Armando me abrazó por la espalda y me dio un beso en el cuello.

Le di uno en la boca luego de virarme, pero le expliqué que estaba bien cansada y abastecida. Le dije que era mejor esperar y que al otro día lo haríamos con calma. Además si estábamos descansados iba a ser mejor. Empezó a refunfuñar. Me alejé y me puse una camisilla. Me quité la falda en lo que buscaba con la vista dónde había puesto el pantalón del pijama.

De espalda a él, me miraba en el espejo y me quitaba el collar en forma de ángel. Vino de repente, ya en calzoncillos y me abrazó de espalda. Me apretó la cintura mucho y me pidió de favor que lo hiciera con él. Le pedí que me respetara, que yo siempre había estado dispuesta, y que si realmente me negaba era porque realmente no quería hacerlo.

Apretó más fuerte mi cintura en lo que me halaba hacia atrás. Caímos en la cama. Estaba atrás y yo encima dándole la espalda. Me agarró los senos fuertemente, tanto que grité, y él sólo decía: "sigue, sigue".

Le dije que me soltara. Le dije que me dejara tranquila. Traté de decirlo de buena forma. Hasta que me pude levantar un poco y me caí al lado de él. Justo cuando me iba a levantar me agarró los brazos.

"¿Por qué huyes mi amor?", susurró. Utilizó sus manos para poner las mías atrás, por encima de mi cabeza. Mis piernas no se podían mover, aunque temblaban un poco. Por más que trataba, el peso de él recaía en ellas. Ahí me besó tan fuertemente que me chocó los dientes.

Cogió mis piernas y trató de poner las suyas en el medio. Traté de negarme y de hablar, pero me besaba en lo que lo hacía. Cerca de la pelvis, por dentro del muslo, me aplastaba con fuerza. Me soltó por un momento las manos. Entonces traté de empujarlo hacia atrás. Logré hacerlo pero lo que hacía era recostarse más de mis muslos y me dolía.

Con una mano me aguantó las dos. Me las alejaba. En lo que pudo desnudarme.

Exactamente no sé ni cómo pasó. Bueno, sí sé pero aún así no tengo una imagen clara de sus intenciones. Es casi imposible que lo haya hecho tan fácilmente, pero tenía mucha fuerza. Me penetró a la fuerza y sentí algo raro y a la vez muy doloroso, triste y frustrante. Yo sólo quería tener un fin de semana romántico. Estuvo mal. No pude contener mi llanto y mi tristeza. Lo más que me dolió no fue lo que hizo, sino cómo lo hizo. Tan rudo, malo. Sólo rezaba para que acabara pronto. Que saliera de mí, que terminara, que alejara el olor fuerte a vino de mi cara asustada. Sentí como si fueran mil horas.

Terminó todo de la manera más increíble. Estaba dentro de mí, sus sustancias. Aquello que pensé que me haría muy feliz. Las repudié en ese momento porque podían ser las cadenas que tendría que ponerme para siempre, con él. Un calor, un amor y a la vez un gran odio.

Me sentí muy diferente, no se lo dije. Me levanté y actuó como si nada. Lo odiaba más que el gran dolor que me aquejaba, pero aterrorizada de que lo tratara de hacer de nuevo, le seguí la corriente. Me llegué a preguntar si tenía él razón. Si era realmente mi deber, como me había dicho antes.

Estábamos de nuevo comiendo, esta vez almorzando. Miré el cuchillo de la mesa y los demás cubiertos. El muy ignorante me preguntó si estaba bien. No pude ni mirarlo cuando le dije que iba al baño. Me levanté y traté de disimular mi cojera al caminar.

Me dolió sentarme. Ver moretones donde la noche anterior me había lastimado, en los muslos, me dolió más. Me levanté y fui a la mesa. Sentarme, tenerlo de frente, al que tanto amé, que tanto adoré y el que me hacía falta. Pensé un momento en el cuchillo. Me acordé del dolor que sentí cuando entró a la fuerza. La puñalada que me dió por traicionarme y pensé por un momento en cómo se vería en él ese cuchillo. Claro que eso no lo dije.

Pasó el fin de semana. Se me hizo una eternidad esperar. Realmente hablar con él era difícil. Volvimos a casa y me besó. Trató de seducirme y me pidió de favor que lo complaciera. Se me revolcó el estómago al escuchar esas palabras y fue entonces que me pidió un beso. Me lo dio y apagó la luz, con una sonrisa.

IV

Todo parecía indicar que él no se acordaba de nada o que realmente no le importaba. Parecía ser algo normal. Luego de dos semanas se fueron los moretones. Por primera vez no tuvimos relaciones en mucho tiempo. Volvió a ser atento y romántico, como siempre. Entonces pensé en que como los moretones, debía hacer borrón y cuenta nueva.

Comenzar de nuevo a amarlo. Quería buscar en lo más profundo de su alma una razón, el porqué lo hizo. Era una prueba, eso pensé. Una prueba, parecida a la prueba de amor que me había pedido. Una prueba dolorosa, pero por lo menos de amor. Probar que lo amaba, quedándome con él.

Al pasar el tiempo se convirtió en lo que era antes. Los detalles, las salidas con mis amigos, las llamadas con él en línea, las noches de amor. Era raro que viera eso tan normal y tan bueno. Aún teniendo ese tormentoso fin de semana de vacaciones. No era normal que lo amara tanto como para perdonarlo. La verdad es que no sabía vivir sin él y tenía miedo a perderlo.

Pasaba el tiempo y yo no caía en menstruación. Me alegré pero a la vez, me asusté. No sabía qué pensar. ¿Era una buena noticia o me acordaría para siempre de esa noche? Sí, porque la lógica, el tiempo y las circunstancias indicaban que todo pasó aquella noche. Sólo quedaba asegurarme.

Fui con Armando a la farmacia y traté de coger una prueba de embarazo sin que se diera cuenta. Era difícil hacer las cosas sola porque el me buscaba en la escuela. Solamente dos veces llegué a casa en taxi porque habían reuniones importantes y no me podía buscar él. No era común.

Terminó dándose cuenta y me presionó a que me hiciera la prueba. Luego de ver el resultado positivo, salí y se lo enseñé. Comenzó a brincar de alegría y me prometió llevarme al ginecólogo. Lo posible para que saliera todo bien.

Hasta el día de la visita sólo me decía que eso nos iba a unir para siempre. Que no había manera de que nos separáramos. Satisfaré sus expectativas. Era normal que una pareja se sintiera feliz. Yo era feliz, pero más feliz estaba Armando.

A través de la historia siempre los embarazos han sido contemplados como una bendición. Era un símbolo de poder. Los hijos, eran los que llevarían las tradiciones del apellido que les precedía. Si eran hombres en una familia real, se volvían los príncipes y los herederos del trono. Era un símbolo de unión, de poder, de ponencia y lucha. Era un reflejo de lo que le pasaba a él.

Armando pidió que se lo dijera a todos. Estaba orgulloso como un antiguo rey. Deseaba que fuera varón. Planificaba que fuésemos una familia completa, la que él no tuvo. Era cuestión de esperar 27 semanas. Cuando fuimos al ginecólogo no los dijo.

Cuando vio su figura en el monograma se emocionó. Lloré, pero Armando no lo hizo porque se hacía el fuerte. No le gustó mucho la explicación del médico sobre los vómitos, mareos y otras cosas normales en tiempo de gestación. Le dijo que se intensificarían, aunque tuviera ya algunos síntomas. Era simplemente un proceso del cuerpo que iba a pasar y que estaba pasando.

En general la reacción de todos era de alegría. Hasta mi mamá se puso contenta, pero se mostró un poco preocupada y pensativa porque sería abuela. Todos estaban emocionados y felices por mí. Hasta los maestros de la escuela pensaban organizarme una fiesta de recibimiento del bebé. Todo estaba muy bien, estaba.

V

Tres meses después del monograma pasó algo terrible. Mateo me había pedido que hablara con él. Con el propósito de integrar parte del currículo con mi clase. Esta vez organizando una gira que cumpliera con los intereses de la literatura y la historia. Era jueves a las 2:25pm cuando iba a sonar el timbre y me preparé para salir. Mis estudiantes habían terminado su trabajo así que recogí mis cosas y me paré al frente de la ventana de su salón a esperar que terminara sus clases.

El reloj de su salón estaba dañado, pero el timbre alertó a todos que era la hora de salida. El mío se había quedado en casa. Luego de que salieron sus estudiantes entré y le mostré unos apuntes que había escrito sobre lugares que podríamos visitar y otras cosas más. Revisó los papeles y me dijo que tenía muy buenas ideas. Luego de hablar un rato, decidimos llevar a los estudiantes a ver un documental y a un museo.

Después de hablar sobre los permisos que le daríamos a los niños y de la aprobación de la Directora, cambiamos el tema. Comenzó felicitándome por mi embarazo. Me preguntaba con interés cómo me había sentido al enterarme. Mostraba alegría y yo pensaba en aquella noche horrible. La noche donde ocurrió eso que a él lo emocionaba en ese instante.

Me pasó la mano por la barriga y me pidió de favor que lo dejara escucharla. Luego sintió un cantazo, una patada, y me lo dijo. "¡Se movió!", exclamó el Profesor Mateo. Agarró mis manos con fuerza y me deseó muchas felicidades. En lo que dije gracias, Armando observaba por la puerta.

Enojado dijo: "¿interrumpo algo?". El profesor Mateo aprovechó y le extendió su mano como para felicitarlo. Armando no se inmutó y me dijo de una vez que eran las tres y cuarto y estaba esperando desde las dos y media. Se despidió rápidamente y con un empujón brusco me llevó al auto. Nunca imaginé lo que iba a pasar.

Me dejó prácticamente tirada en la casa y se fue. Dejándome preocupada le iba a preguntar algo y me mandó a callar. ¿Qué pasaba? ¿Qué iba a hacer? Como no tenía idea de lo que haría me acosté a dormir, cansada de esperarlo.

Escuché un puertazo que me despertó. Abrí los ojos y sentí cómo me agarró el brazo y me gritaba en la cara. La peste a alcohol que salía de su boca era insoportable y me daban náuseas. Comenzó a gritar como loco que quería una explicación y me acusaba de infiel. Entonces traté, traté de decirle que me sentía mal.

Me miró con mucho enojo y me pidió que no le explicara nada. Siguió gritando. Cuando me dijo que lo había traicionado, abrí la boca para decir algo y defenderme; pero me dio un puño que me dejó medio inconsciente. Veía todo borroso y no entendía lo que decía. Siguió discutiendo.

Cuando logré hablar le pedí que se callara. Que me dolía mucho la barriga y la cara, que me dejara en paz. Me arrastró y me pegó a él. Siguió discutiendo diciendo que Mateo era mi amante. Le dije que él no tenía nada que ver y asumió que lo estaba defendiendo. Entonces me empujó fuertemente y me lastimé con la esquina del tope de la cocina.

Sentí un fuerte dolor. Como el de aquella noche, pero en la barriga. Observaba la sangre en el piso y pensé en mi bebé. Comencé a gritar que lo perdía y se calló. Me arrastró al carro para llevarme al hospital. Empezó a decir que me había encontrado así y comenzó a pedir que protegieran al niño. Todo pasó como un relámpago: rápido, fuerte y sobre todo escandaloso. Un relámpago impregnado en mí como si estuviese pasando la peor tormenta, algo imborrable.

VI

Lo perdí. Perdí a mi hijo. Perdí el deseo que sentía por Armando. Perdí el amor y perdí la valentía. Lo perdí todo.

Me sentía encerrada. Perdida entre muchas cosas. No sabía qué pensar al escuchar tantas máquinas. Al ver tantas luces, al verlo. Por primera vez no dudé lo que sentía por él. Nada era igual y lo odiaba.

Cómo pudo hacer eso. Pensé un poco y le cogí pena. El culpable fue el alcohol. El alcohol, que me empujó a ciegas, ese amor loco, esa situación. Él me inspiraba confianza y me daba protección. Una sobreprotección que mató.

Es cierto que no lo quería recordar. Me lo advirtió con lo que hizo esa noche. Violento, rudo y poderoso. Yo estaba débil, pasiva, cansada. Descubrí que lo amaba mucho porque no dije nada. Fue un accidente, eso dije. Eso sí lo dije. Sin embargo no dije que realmente era un asesinato.

No dije nada y por eso me dolió. Me dolía saber que lo amaba tanto aún en esa situación. Aún en el hospital, aún con un moretón en la cara y una barriga vacía, muerta por él. Un loco enamorado que me robó el corazón y me prometió felicidad. Un malagradecido, un infame, un desgraciado, un odio y un amor.

Lo más doloroso, mi corazón. Tener herido los sentimientos. Esos que atraviesan la mente y el cuerpo. Ese dolor irreparable que aunque no queramos, nunca termina. Mi corazón, que era de él y del silencio esa noche. El silencio de la soledad y la muerte.

Me preguntaron muchas veces cómo pasó. También mostraban pena. Unas semanas después, en la escuela seguían tristes. Una tristeza que se quedaba allí en gestos y no en acciones; pero yo no dije nada y por lo que no dije, abrí el camino de la posible repetición y encerré en una prisión desolada mi alma y mis recuerdos oprimidos.

VII

No pude aguantar ese día horrendo. Ese tonto estúpido estaba aguantándole las manos a mi mujer. La miraba como si se la quisiera comer, como si la quisiera para él, y si no es mía no es de nadie. Como está conmigo, nunca será de nadie.

Loco y desesperado me fui a desahogar. Busqué a la persona más lejana y a la vez cercana a la situación, mi padre. Normalmente no lo veía, pero quería un consejo y como dije, estaba desesperado. Él sabía lo que era la traición de las mujeres. Mi madre lo abandonó; nos abandonó.

Le pregunté sobre mi madre. Si tuvo razones para enfermarse. Le pregunté también si sabía lo que debía hacer con Isabel. La amaba tanto, pero me engañó. Hasta se atrasó y eso nunca había pasado.

Mi padre me dijo que era de esperarse. Todo era lo mismo y lo mejor era vengarse. Salir airoso de la situación y nunca bajar la cabeza ante nadie, y mucho menos frente a una mujer. No debía perder mi poder.

Un poder que reflejaba en sus ojos. Un poder que yo asumía que él conocía bien. Algo que yo sabía, algo de lo que era culpable. Una culpa que lo llevó a hacer algo que me imaginaba, pero que realmente no pensaba escuchar. Una duda, una razón, una traición y sobre todo una locura. El alcohol consumía mi razón.

Descubrí que mi padre golpeó a mi madre. Un accidente que como ese día que me lo dijo, era causado por otras circunstancias. Con motivos, porque él la vio con otro. Era una verdadera traición. La descubrió y luego se descargó a golpes, dejándola muy mal, hasta que murió en el hospital, la mató. Entiendo que era mi madre, pero nunca llegó a demostrarme mucho afecto, así que no le tenía pena porque ya sabía cómo se sentía. Cómo se debió haber sentido mi padre.

Yo sabía que realmente él no me quería. Que fui un accidente y el trató de huir de la situación. Se tuvieron que casar porque estaba embarazada. Me dijo que se dio cuenta realmente con la muerte de mi madre, de la importancia de ser padre y más aún, de haber tenido un varón.

Un legado que yo había buscado con Isabel. Uno que me hizo ahogarme en una mesa con mi padre, donde compartí con él unos tragos. Algo que me hizo pensar muchas cosas. Mi madre por traicionarlo, por abandonarme, por haberme dejado con un asesino. A él por haberla matado, a Isabel porque alguien más, de una manera u otra, la estaba amando. Yo solito la quería amar.

Bebí mucho y sé que fui a la casa con la intención de reclamarle y darme a respetar. Me acuerdo poco, pero sí me acuerdo de la sangre. Del miedo que tuve de perder a mi hijo. Del miedo que tuve de haberle fallado a mi padre. Simplemente el miedo que sentía de convertirme en él.

Lo que se buscó. Si no hubiera pasado eso mi futuro hijo estuviera vivo. Habrían quedado esperanzas. Sé que todo no era perfecto, para mí nunca lo fue, hasta que la conocí. Hasta que fue mía.

Me mira diferente ahora, pero eso cambiará. Siempre se arreglan las cosas. Terminará rendida ante mis brazos porque yo sé que me necesita. Soy importante para ella y por eso soy importante para el mundo. En fin, soy importante, valgo mucho como para que me haga sufrir.

De qué vale estar con ella si me hace pasar malos ratos. ¿Cuánto vale entonces este tiempo? No puede ser tiempo perdido. Con Isabel no puede ser posible. Llega el momento en que sé que ya soy fuerte, que puedo cambiar al mundo, hacer lo que quiera, pero puedo estar mejor si estoy con quien me hizo fuerte. Quien me dio poder o por lo menos me ayudó a reconocerlo.

Comoquiera ella sabe esto. Aunque me mire diferente, quien está en el hospital soy yo. Quien espera soy yo y al final de todo me quedo yo. Ella no me dejará sólo, aunque sé que le duele la pérdida de nuestro hijo. Era nuestro hijo y lo podemos hacer algo nuestro cuando quiera.

Quizás fue algo importante y necesario para unirnos. Era importante para fortalecer la relación. Isabel no será como mi madre y no seré como mi papá. Yo soy amoroso, porque vivo por ella. Me comprende y me da lo que me hace falta, lo que no tuve. Le dejaré saber que no me imagino sin ella porque sin ella muero.

Lo que no le cuento. Lo que evito. Mi niñez, mi soledad. La razón para amarla. Ella, Isabel, me conoce. Me quiere con lo que conoce. La que crea y enseña historia, no me ha exigido la mía. Así me ama y me acepta.Isabel mía, despierta y dime te amo otra vez. Estoy contemplando tu hermosura en lo que duermes en esta camilla del hospital y siento que realmente te necesito.

Tercera Parte

I

Tuvimos muchas peleas y discusiones. Sí, porque tuve que volver con él a la casa. Trataba de consentirme, pero nada era como antes. Lo amaba mucho, lo estaba amando en ese instante. Era la amenaza eterna, el amor.

Era simplemente imposible sentirme igual. Verlo como una esperanza y un nuevo camino en mi vida. Sí, el amor era mi amenaza por eso. Acordarme de lo que me gustaba de él, me hace olvidar lo que ahora aborrezco. Ese silencio y ese vacío que hay en sus palabras.

Ahora entiendo lo difícil que es tener que vivir con él. Haber aceptado el reto de mudarnos rápidamente. No tener un espacio, una oportunidad para expresarme. Un espacio que conteste y me haga sentir seguridad. Ese espacio, ese momento que podía enseñarme el camino de la salvación. Lo tenía que dejar. Necesitaba estar sola. Quería liberarme, pero jamás como lo hizo él.

Le pedí que me escuchara. Sentí que me penetró un cuchillo con su mirada, porque era mucho dolor. Lo miré con repugnancia aunque tiernamente. Miré mi barriga por unos segundos. Recobré fuerzas y dije: "se acabó".

Se veía confundido y yo lo estaba más. Se negaba a creerlo y me preguntaba mucho las razones. Consideré eso como un atrevimiento, luego de todo lo que había pasado.

Le dije que necesitaba tiempo, porque perder mi bebé era algo fuerte. Evité culparlo, aunque lo hacía con la mirada.

Le dije que me iba y me agarró por el brazo. En lo que me dirigí a la puerta me hablaba, sin soltarme. Cogí mi cartera y el dinero que tenía guardado. Trataba de convencerme de que no me fuera. Que los errores le pasan a todo el mundo, los problemas. En lo que me perseguía, seguía hablando.

No me siguió por mucho tiempo. Cuando vio que nos miraban algunos vecinos, bajó la voz, para disimular. Le dije que me estaba hiriendo y que por favor me diera tiempo. Le dije que lo amaba pero que me dejara por unos momentos sola. Asumió que si lo amaba iba a volver con él.

No quería que fuera una situación pública así que entró a la casa. Tenía el presentimiento de que no me iba a dejar ir. Llegué a pensar que quizás no me amaba de verdad, porque no estaba luchando por mí. Estaba confundida. No era fácil ver al hombre que amaba y que aborrecía a la vez.

Al lado del teléfono, luego de haber llamado a un taxi, comencé a llorar. Si era cierto que me había hecho daño, también me había hecho feliz. Me dio esperanzas y me brindó confianza. Me ayudó a entender eso que mi madre me decía, que no debía dejarlo perder. Me vinieron a buscar y Armando estaba en la ventana, viéndome ir.

Estaba tan confiado de que volvería con él. Yo no quería ser predecible, quería ser auténtica. Quería ser espontánea pero a la vez, cuidadosa. No me quería arrepentir. El miedo arropaba mi cuerpo. Estaba perdida sin él.

Entrando a la casa de mi madre, supe que lo vería pronto. Pensé que si me quería me buscaría, pero tenía que pensarlo. Si tomaba una decisión iba a hacerlo confiada. Yo anhelaba ser como él, segura y firme. Me sentí más sola que nunca.

Traté de llorar mucho para desahogarme. Desahogarme por lo que pasó aquel día. Ese horrendo día donde quedé embarazada. Otro día en que perdí a mi hijo. Yo quería liberarme por un momento y con tanta tristeza, se me hizo fácil hacerlo. La soledad me entristecía, pero más me dolía el vacío.

II

Volví a la escuela al otro día. Traté de disimular que estaba todo bien. La mayoría me daban el pésame o simplemente no hablaban del tema. Estaba emocionalmente destruida y me sentía mal. Pensé que la escuela y los estudiantes me darían motivos para seguir hacía delante.

Mucha gente pensaba que yo era valiente por haber vuelto tan rápido. Normal, como si no hubiese pasada nada. Sentí que podía. Yo sabía que era posible si me concentraba en el trabajo. ¿Sería fácil, verdad?

Cuando me tocó dar la última clase del día, me puse nerviosa. La clase era de 1:30 a 2:30pm. Esa última clase; era la señal de que pude aguantar un día y a la vez el recuerdo de lo que pasó a una hora como esa. Sentía miedo.

Estaba nerviosa porque me acordé de Armando. Como me iba a buscar a la hora de salida. Era una tortura ver el reloj de mi muñeca; el que se me había olvidado aquella vez. El que me daba razones para ver a Armando culpable.

Todo había pasado rápidamente. El martes había ocurrido el accidente. Pasé tres días en el hospital y el viernes ya estaba en la casa. El sábado había descansado, durmiendo la mayoría del día. El domingo fui a casa de mi madre y ese lunes siguiente estaba en la escuela trabajando.

Habían pasado seis días. Siete días atrás, a esa misma hora, estaba embarazada. Qué tortura y qué nostalgia.

Miraba a mis estudiantes buscando esperanza y valor. Buscaba inocencia. En ellos esperaba ver algún día a mi hijo.

Sonó el timbre y me quedé en la entrada de la escuela. De pronto se me acercó su carro. Armando me estaba buscando como siempre lo hacía. No quería demostrarle que estaba emocionada, porque a pesar de todo lo amaba. Se ofreció para llevarme pero sólo acepté dar una vuelta. Luego otros maestros se fijaron en que me buscó él; pensando que estaba ayudándome.

Entonces me preguntó cómo estaba. Por primera vez me fijé en que le importaba saber de mí, de mis cosas. Siempre me preguntaba pero esa vez fue diferente porque demostraba interés y ternura al preguntarme. Empezó a dar vueltas por el área y me invitó a comer. Como en los viejos tiempos con una leve tristeza, yo acepté.

No sabía qué pensar realmente, cuando acepté. Solo había pasado un día. Era extraño sentir odio por lo imborrable. Sentir que no se merecía mi afecto tan rápido. Ese sentimiento que él me había dicho que iba a tener. Mezclado con una soledad interna que él nunca entendería.

Era cierto, yo no sabía vivir sin él. Me acostumbré al estilo de vida que tuve con él. Lo necesitaba. Dependía de él para sentirme llena. Eso me decía Armando y llegué a aceptarlo.

En la mesa, esperando la comida, trató de expresar sus sentimientos. Nunca él había sido bueno en eso, pero trató. Comenzó a recordarme lo que habíamos tenido antes. Esas salidas que hicieron que lo descubriera y amara. Eso que hizo que me mudara con él, que hiciéramos un hogar.

Me pidió que considerara volver con él. Que si yo sentía que lo quería, que no me diera por vencida. Que él sabía que había actuado ciegamente el día del hospital, pero que era normal. Que no me preocupara porque mientras hiciera las cosas bien no iban a haber problemas.

Le pedí que me llevara a casa de mi mamá. En el camino siguió disculpándose. Trató de advertirme que no podía vivir sin mí. Que por mí él era feliz y por eso haría lo que fuera porque volviera con él. No sabía ni qué pensar. Al bajarme del carro me agarró a la fuerza, pero sólo para besarme.

Mi mamá llegaba tarde y yo quería consultarla. Yo quería tratar de que me diera algún consejo. Yo quería estar con él pero no sabía si era lo correcto. Era muy convincente. Le pedí unos minutos. Cuando llegó, luego de haber comenzado a preparar mis clases, me los dio.

Le expliqué más o menos la situación. Ella nunca supo nada sobre cómo perdí el bebé. Quizás por eso se le hizo tan fácil decirme que volviera con él. Me expresó que tratara de resolver los problemas porque no quería que terminara como ella, divorciada. Yo no estaba legalmente casada pero de una u otra manera iba a terminar igual, sola.

III

Estaban las cosas bien. Luego de hablar con Armando, discutimos el problema y lo arreglamos. Llegamos a buscar soluciones para que no volviera a ocurrir. Buscamos la raíz del problema, que aunque no lo quería aceptar, era yo. Armando me lo demostró, pero aceptó que soy humana y nos dimos otra oportunidad.

Me sentía diferente con él. Traté de ser como antes, muy atenta. Hasta llegué a sentirme culpable porque esa vez no lo complací. No me costaba tanto, era un pequeño sacrificio. Lo más seguro no iba a ocurrir de nuevo porque iba a hacer lo necesario para que funcionara la relación.

Lloré mucho por la pérdida de mi hijo, pero más lloré por la pérdida de los dos. Yo sabía que por eso me había quitado las ganas de sentir. Que por eso no podía quererlo igual. Yo sabía que si nacía iba a recordar cuando Armando lo engendró. Yo sabía que él estaba ilusionado y yo no quería un hijo así.

Tenía también que pensar, como dijo Armando, que se lo debí haber dicho. El día de la reunión si se lo hubiera dicho, hubiese esperado por mí. Así nos hubiéramos evitado los problemas. Yo volvería a decirle todo. Lo que tenía que decir, lo que iba a hacer.

Con el tiempo Armando estaba tranquilo. Tratamos de salir más para fomentar la relación. Cumplió la promesa que hizo, cuando me dijo que mejorarían las cosas. Crecimos como pareja nuevamente. Estaba todo volviendo a la normalidad.

Un día yo estaba dando clases y esa clase específicamente era la preparación a la gira que haría con el Profesor Mateo. Juntos le íbamos a dar las instrucciones del proyecto que tenían que hacer; un resumen del documental que iríamos a ver. Armando se asomó por la puerta. Estaba desde la ventana, viendo la clase.

Al tocar el timbre los estudiantes se fueron y Armando entró. Podía entrar siempre y cuando no lo hiciera con estudiantes dentro del horario de clases. Mateo le extendió la mano para saludarlo y Armando lo ignoró. Me sentí un poco ofendida porque eso era una falta de respeto. Entonces me despedí de él y le dije que al otro día tenía que venir temprano.

Comenzó a preguntarme sobre la excursión en el carro. Quería saber su propósito y por qué el profesor Mateo tenía que ir, entre otras cosas. Nuevamente dudó de mí. Me aclaró que fue por Mateo que se había puesto celoso aquella vez. Por estar con él, tardarme y no decirle nada.

Me prohibió ir a la excursión. Me exigió que pidiera permiso para que él fuera porque sola no podía ir. Nuevamente sentí rabia. Me frustraba porque yo pensaba que él ya no era así. Armando me había prometido que cambiaría.

Comencé a discutir y a pedirle explicaciones. Se sintió un poco aturdido y hasta dolido de que yo le contestara así. No era normal que yo me defendiera. No era común que yo le llevara la contraria. Me sentí un poco rebelde pero no iba a defraudar a mis estudiantes.

Traté de explicarle nuevamente el propósito de la gira y él no hacía caso. Me estaba diciendo que lo iba a hacer sólo por estar con el profesor Mateo. Me dejaba ir si él iba. Yo sabía que no lo iban a permitir, pero me decía que estaba mintiendo. Para qué sería necesario, para nada. No había razones, ni motivos para que yo pidiera permiso. Mucho menos iba a tener la oportunidad de que lo considerara.

No discutí más. Cuando llegamos me agarró el brazo y me acercó al teléfono. Me exigió que llamara a la actual Directora para pedirle el permiso y me negué. Al negarme me apretó más el brazo y me empujó. Seguía gritando y yo lo ignoraba.

Le dije que realmente era un mentiroso. Que él no había cambiado porque me había lastimado de nuevo. Me acordé de esa noche, de ese día. Idiota traicionero. El amor de mi vida que se convirtió en mi vida, en vez de un amor.

Obviamente un puño era más doloroso que un empujón, pero aquella vez él estaba borracho y esta no. Por alguna razón me acosté y a su lado dije: "se acabó". Lo único que hizo fue reírse. Con él me tenía que preguntar qué era el final. El final, era más que un punto, más que una década o un siglo de historia. Ponerle fin a nuestra historia, es como matar la inteligencia de la vida, burlándola con excusas de caminos nuevos vírgenes de ella.

Me dolió un poco el pecho y le advertí que me iría de la casa. Tranquilamente me dijo que no me convenía y que yo no tenía el valor para hacerlo. Me dijo que yo era un reflejo de la mujer perfecta para él porque así me había creado. Que nunca debía olvidar que me había convertido en una mujer completa por él. Yo simplemente fui su marioneta.

Él mismo me lo dijo. Me dijo lo que me parecía raro o malo. "Haz dejado de ser Isabel, para ser la mujer de Armando Castro nada más." No lo pude creer. Comencé a llorar. Deseaba que eso no estuviera pasando. Me sentí vacía y sola. Muy confundida sobretodo, porque esas palabras me llegaron a lo más profundo de mi alma; como si supiera que era todo cierto. Había desperdiciado mi tiempo. Yo era capaz de obedecerlo. Quién sabe si lo hubiera perdonado, obedecido y amado de nuevo.

Esas palabras no eran cualquier cosa. Era la muerte instantánea de todo sentimiento bueno que había sentido por él. Murió y fue enterrado en el momento en que salieron las palabras de su boca. Él me había usado y yo me sentía decepcionada. Qué pérdida, qué patán, qué confusión.

Decidí irme al otro día. Buscaría la manera de llegar a la escuela para la gira. Después no sabía que iba a pasar, pero tenía que separarme de él. Ese sueño de que éramos uno para el otro. Muchos hablan del primer amor y no de la primera ilusión, y ésta fue la mía. Me acosté pensando en todo, pero estaba más segura que nunca de que no iba a volver con él.

Al otro día me fui a las cinco y media de la mañana. Armando no se dio cuenta de que me había ido, pero sabía que se iba a sorprender. Esa era la prueba mayor de mi cambio, yo lo había retado. Por primera vez sentía libertad, mezclado con un sentimiento de culpa que era normal; normal con Armando.

IV

Cuando llegué de la excursión, él no estaba, pero me dijeron que había ido a la escuela. Llegué a las cuatro de la tarde. El camino hacia el museo era de dos horas. Nuevamente llamé a mi madre para decirle que iba para allá. Yo era bienvenida en la casa, tenía las llaves y además ella sabía que al "casarme" conviviendo con Armando había dejado mi apartamento para mudarnos juntos. Allá tenía un cuarto.

Mi madre se iba de viaje pronto y por eso me iba a prestar su carro. Mientras tanto pues cogía el autobús o un taxi si estaba tarde. Era sólo para ir de la escuela a la casa de mi madre, que estaba un poco lejos, pero era en el mismo pueblo. Lo que quedaba un poco distante era la casa de Armando y mía. Lo que era nuestra casa.

Llegué a la casa de mi madre y me cambié. En ese momento me sentía rara pero a la vez furiosa con Armando y esa situación. Me daba pena y me sentía mal. Lo dejé esa misma mañana y ya estaba pensando en nosotros dos. Era increíble saber que a pesar de todo a veces me preguntaba si estaba haciendo lo correcto.

No lo llamé y él no me llamó ese día. Dormí tranquila pensando que era lo mejor, bueno tratando de aceptar que era lo mejor. Él me había dicho que yo era su marioneta. Él me exigía, pero no permitía que yo le exigiera. Yo se lo daba todo y él no me daba nada. Aunque me llegó a dar algo que me hacía falta.

Con el tiempo la situación empeoró. Se aparecía a la hora de salida de la escuela. Me perseguía tratando de que volviera con él. Al principio sólo me preguntaba: "¿por qué? ¿Qué he hecho? ¿Explícame por qué quieres terminar conmigo?" y siempre luego de que acaparaba mi atención, por más que tratara de ignorarlo, contestaba las preguntas de la peor manera. "Tu no me estás dejando, yo lo único que he hecho es amarte, darte todo, además si alguien va a dejar a alguien soy yo, porque lo más seguro lo haces porque tienes otro, explícame."

Palabras hirientes que esperaba no escuchar. Justo cuando trataba de pensar que él iba a cambiar me daba, con esas palabras, un gran remordimiento. Algo que me hacía ver que había perdido mi tiempo. Algo que él no parecía entender. Hacía crecer el desamor en mí, pero comoquiera me perseguía.

Él me perseguía. Me perseguían sus recuerdos. Me encerraba en el mundo de Armando. Me encerraba en la casa. Me encerraba en él.

Tres días después, dejó de ir a la escuela. Comenzó a llamar repetidamente a mi casa. Lo que era mi casa en ese momento. Tenía un identificador de llamadas y siempre aparecía su número. Llamadas recibidas, llamadas perdidas, etcétera. En ocasiones cogía el teléfono para decirle que no quería hablar con él más. Comenzaba a pelear, yo le colgaba y llamaba. A veces sonaba el timbre del teléfono cada dos minutos, por una hora o más.

Se llegaron a registrar hasta 60 llamadas de su teléfono. Diariamente por mucho tiempo, entre dos semanas o tres. Para colmo, rogaba que volviera con él, pero no perdía su orgullo. Diciendo cosas que él afirmaban que eran mi culpa. Cada vez que me decía eso y me preguntaba, me molestaba. Un coraje que yo esperaba que se convirtiera en valor, en fuerza.

Se cansó de llamar tanto. De sesenta llamadas diarias pasaron a ser treinta. Él no se rendía. Tanto así, que en vez de llamarme, se aparecía en los sitios que yo estaba. Sin entrar a la escuela paraba el carro frente a ella, para que al salir lo viera y tratara de hablarle.

Yo no lo busqué. Él me buscaba, aunque esa situación la había provocado yo. Llegó a pararse frente a la ventana de mi casa. Depositaba cartas en el buzón, rodeaba la casa en su carro, llamaba a la escuela (para ver si yo estaba ahí). Llegó a ir hasta el hospital donde mi mamá trabajaba.

Realmente me desesperé. Hasta mi madre se percató de mi nerviosismo. Me encerré nuevamente, en mí y en la casa. Estaba atrapada. Era simplemente un círculo vicioso, que parecía infinito.

Un día recibí una de sus cartas y comencé a leerla. Decía que necesitaba verme, que era urgente, que sin mí no sabía vivir, que simplemente si no lo hacía voluntariamente lo haría a la fuerza. Comenzó a relatar todo lo que había hecho persiguiéndome. Hasta que me desesperé y pedí ayuda.

Una ayuda que realmente no busqué por mi cuenta sino que aproveché. Una ayuda que yo no veía como una ayuda, sino como algo que empeoraría la situación. Llevaba ya dos meses apareciéndose por ahí. Hasta mi madre que no me dedicaba mucho tiempo comenzó a pedirme explicaciones. Me amenazó con cortar el teléfono.

Me enteré de que a Mateo le había llegado una carta también, pero en la escuela. Era Armando pidiéndole que me convenciera que yo volviera con él. Como si fuera poco, al final de la carta lo amenazó, escribiendo que si él era el culpable las iba a pagar. Algo que Mateo no se atrevió a decirme, hasta que me vio llorando un día. Por fin liberé mis penas y se lo pude decir a alguien.

V

Mateo me enseñó esa carta. Dije todo. Le confesé lo que había pasado. Se lo dije también por su seguridad, no quería que pagara el precio de mi error. Sentí confianza y le conté lo del bebé. No lo tuve que decir todo, el sabía, en su mirada reflejaba intriga y tristeza. Cuando terminé de explicarle la situación, se le aguaron los ojos.

Él me abrazó y me dijo que contaba con él. Me dijo que no le tenía miedo a Armando y que debía hacerse justicia. Comenzó a hablarme de leyes y de opciones que tenía. Sentí esperanza. Sentía que tenía fuerzas para evitar cosas peores.

No tardé mucho. Desperté de la realidad. Aprendí que según la ley, él podía ir preso. Yo no quería ser extremista y obligué a Mateo a que no dijera nada. Por lo menos hasta que yo estuviera preparada. De alguna manera sentí que lo pude haber evitado.

Me dediqué a apuntar las llamadas recibidas y a tomar fotos de él cuando rodeaba la casa. Entonces fue que me informé y pedí en el tribunal una orden de acecho. Una orden, la ley 284 de 1999, prohibía el que Armando me vigilara, me molestara, me hostigara, me persiguiera, me intimidara. A mí, mi familia o mis bienes. Era una orden de protección.

Existía la ley 54, que prevenía la intervención de la violencia doméstica. Le prohibía acercarse a mí. Podía ser objeto de cargos criminales. Tenía razones porque convivíamos juntos. Ahora, no sé porque no podía imaginármelo preso.

Llegué a pensar que Armando tenía razón sobre los amigos. Mateo parecía preocuparse por mí y por eso, sentí que buscaba tiempo. Llegué a verlo como un escape de mi situación actual, pero a la vez, se convertía en mi condena. Al ver cómo me buscaba y cómo me entendía, me hizo sentir como la mujer más mala del mundo. Me sentí culpable por dedicarle un segundo de pensamiento a él.

Nunca me imaginé con otro mientras estuve con Armando. Mateo era sólo mi compañero de trabajo. Un compañero que presentó en mi conciencia un deseo de algo más. En momentos de desilusión busqué fuerzas en todo. Hasta los libros que leía me hicieron reflexionar sobre nuestra relación. No se me hizo fácil.

Uno puede enfrentar ciertos problemas, pero no por eso deja de temerles. En la escuela se celebró un día para la prevención de la violencia. Comencé a ojear los folletos educativos y me pareció interesante una foto. Había una mujer esquinada en la pared, mientras un hombre gritaba. Me volví una caricatura en ese momento, estaba convertida en un dibujo.

Decidí entonces ser libre, pero no sabía cómo. Llegué a comparar la muerte de mi hijo, con la de mi alma. Se lo dije a Mateo porque no pude hacer nada para salvarlo. Leí una vez que lo único que tenemos seguro en la vida es la muerte. Es por eso que al decirle las cosas, proclamé una sentencia. Aquello que se creó en mi barriga, por la brutalidad de Armando una noche, había muerto. Sus insultos, intimidaciones y falsas promesas persistían inmortales en mi alma, pero mi voz todavía no había fallecido.

Sentí miedo pero Mateo me acompañó. Era muy tarde, pero consideré que era mejor porque así Armando no me vigilaría. Al poco tiempo llegó una carta de citación. Nos volveríamos a ver, pero esta vez en un tribunal.

Estaba allí, sentado en la sala de espera del tribunal. Iba a acercarse, pero no lo hizo. Estaba con su papá, que lo apoyaba. Se sentó en un banco a leer. Era una persona culta.

Estaba leyendo El libro de buen amor, del Arcipreste de Hita y en su silente lectura alzó la vista y encontramos nuestras miradas por un momento. Me daban ganas de abrazarlo, no sé por qué. De ir a donde él, arrodillada si pudiese, a pedirle que me devolviera al Armando que amé, pero su mirada y un pequeño gesto donde movió el libro que tenía en sus manos, me hicieron entender que ese Armando era él. El que estaban llamando por un altoparlante para entrar en sala.

Nunca imaginé que estaríamos en un mismo salón separados. La primera persona a la que pude decir te amo y sentirlo. El primero en entender el significado de mis gestos. El primero que preguntaba qué sentía. El primero que me miraba y con sus brazos me abrazaba. Ese que estaba allí, fue mío, pero sobre todo me dejó ser suya. Me quiso como nunca me habían querido. Escuchaba y me decía mucho: "te amo", algo que simplemente no había tenido antes.

Estuvimos cerca uno del otro. Lo primero que hizo la juez fue hacerme jurar que diría la verdad. Comenzó a interrogarme cómo fue nuestra historia. ¿Qué había pasado? Por un momento quería hablar, gritar, insultarlo y no pude. Lentamente hablé, empezando como siempre con lo que había pasado antes, lo bonito, lo bueno.

Llegó el momento en que me pidieron evidencia para corroborar las razones de la cita. Él lo más "diplomático" dijo que aceptaría cualquier cosa. Dijo que me amaba de verdad. Mentiras y más mentiras. Bajo juramento no pudo tan siquiera desenmascararse.

Lo quería alejar de mi vida, no hacerle daño. No quería hacerle lo que él me había hecho a mí. Así que no di detalles sobre los golpes. No dije nada sobre el bebé, aunque Mateo insistió en que lo dijera. Me fui por el asecho, no por la criminalidad. Me fui con una orden de protección que duraría un año.

Me dieron la orden de protección por la ley de acecho. Tenía que esperar las gestiones del tribunal para estar protegida, para que fuera oficial. Me acuerdo que dijo que su única condena fue amarme. Yo creo que esa era la mía, amarle. Saber que no podía tenerlo a cien pies de distancia o si no iría preso. Era el final.

VI

No había marcha atrás. No podía verme. Debería de hacer su vida. Yo debía hacer la mía. Aunque todavía no estaba segura cómo hacerlo.

Siempre dependí de otros para mis cosas. Muchas decisiones las tomaban por mí, no las tomaba yo. Llegué a acostumbrarme y simplemente no pude más. Temí que mi costumbre, me impidiera salir de la corriente. Me dejé llevar por un juego que tuvo un final triste, inesperado.

Yo no estaba preparada para eso. No quería pasar por eso. Pasé por algo triste, complicado, algo inexplicable. Algo que descubrí poco a poco que pasaba todos los días. Lo único que me preguntaba era ¿por qué?

Era ilusorio. Es un error de la mente o de los sentidos que interpretan mal la realidad sensible. Sí, la ilusión, una esperanza sin fundamento. Para mí, la única ilusión que tenemos en la vida es encontrar nuestra razón para vivir, y él era la mía; fue la mía.

Ese año se me hizo el más largo. El tiempo más diferente. El más libertador. Cadenas que no podía quitarme, pero que estaban sueltas. Cadenas que estarían en mi corazón siempre.

Yo me imagino que la soledad tiene mucho que ver. Imaginarte sola no es algo bonito. Además siempre nos educan para amar, para atarnos a una persona fija para darle ese amor. Amar, mi división, mi malicia, mi preocupación. Eso que hizo que cambiara mi vida.

Momentos muy extraños. Memorias, dulces y amargas memorias. Historias que estaban conmigo. Una plaga llamada Armando que arropaba mi corazón. Que hacía que todo valiera la pena. Cuando estaba con él me daban ganas de vivir. Cuando no lo tuve, me inspiraba a seguir. Seguir en un camino que no conocía sin él.

Cambios, cambios que tuve. Traté de enamorarme otra vez. Confié plenamente en Mateo y fue mi sostén, pero hasta él vivía en la sombra del pasado. En la sombra de él.

Cada vez que decía mi nombre. Cada vez que hablaba de vacaciones. Cada vez que caminaba sola, que pasaba por lo que fue nuestra casa. Ya él no vivía ahí. No estaba, se había ido. No sabía hacia dónde. Esperaba que estuviera bien. Me hacía falta. Dependí de él y aprendí de él.

Con el tiempo Mateo me llevó a un sitio donde había personas como yo. Un hogar de mujeres maltratadas. Conocí e hice amistad con personas que les habían pasado cosas peores. Mujeres que fueron como yo, sometidas. Aunque nuevamente, nunca dije en el tribunal lo que me había pasado totalmente.

No sabía sobre los ciclos de violencia que existían, pero aprendí. Aprendí que Armando tenía muchas cosas que lo identificaban como un posible agresor, desde el primer momento en que lo conocí. No tenía que haber esperado a que me violara o matara a mi hijo. Pude haberlo evitado. Supe que quizás si lo hubiese dicho… quién sabe.

Estaba acercándose el año y me acordé de la fecha. Cuando pasó algo inesperado que cambió lo que había sido mi vida. Una vida de tranquilidad, aunque de frustración. En el buzón de la casa de mi madre había una carta dirigida hacia mí. Mi madre me llamó para buscarla, pensando que podía ser algo sumamente importante.

Era un pequeño sobre ancho. Sin remitente, sólo mi nombre y mis apellidos. Lo abrí. No lo podía creer. Era el ángel que él me había regalado.

No lo había encontrado, pues lo había tratado de guardar en un lugar seguro. No necesariamente porque me importara, sino porque quería guardarlo para no acordarme de él. Saber que estaba ahí, pero sin verlo. De una manera u otra él lo tenía. Estaba recordándome algo. Decía en el sobre: "un año".

Había pasado más de un año desde aquella vez que lo vi en el tribunal. Aunque la orden entró en vigor más tarde. Miré alrededor de la casa por si acaso estaba allí. Lo sentía cerca. No sabía si lo quería sentir o si verdaderamente lo estaba sintiendo.

Entré a la casa, me recosté un rato e hice par de cosas más. Me quedé mirando el ángel por un momento; esa letra A. Ese collar que con sus manos él me había puesto. Me hizo recordar tanto que mi amor por él se mezclaba con grandes dosis de repugnancia.

Comencé a apagar las luces. A recoger mis cosas para salir. Me quedé un rato cerrando los portones, porque Mateo me iba a buscar. Busqué con la mirada tranquilidad, paz, hasta que en ese momento lo vi.

Pasó un carro negro, una guagua que se movía. No lo identifiqué bien a distancia; pero rápidamente se puso a mi lado. Me invitó a entrar. Me negué asombrada, nerviosa, temblorosa. Hasta que me miró con nostalgia y se acercó poco a poco hacia mí. Me agarró el brazo y me metió en el carro. Estaba asustada, pero preferí eso antes de que se encontrara con Mateo.

No podía ni hablar. Me dijo: "mi amor qué haz hecho. ¿Nada nuevo? Sabes que estoy muy triste por lo que hiciste, no me lo merecía, pero por lo menos pensaste las cosas y ahora será más fácil" ¿Más fácil qué? le dije. "Más fácil estar juntos".

Me llevó a un condominio. Me haló por el brazo y yo me negaba. No quería. Se asomaron varias personas del pasillo y me soltó. Pensé en correr, pero no sabía dónde estaba.

Me empujó en el ascensor y gracias a Dios había gente. Salimos en el séptimo piso. Me llevó a la puerta y comenzó a abrir los portones. Le pregunté sus razones. Qué pasaba. Temí por mi vida.

Estaba abriendo la puerta y me amenazó. Me dijo que no me convenía tratar de huir así que tenía que obedecerlo. Le dije que no quería entrar y me cargó hasta dejarme en el sofá. Se sentó a mi lado. Me trató de besar. Terminó haciéndolo, a la fuerza.

No me gustaba como me estaba sintiendo. Le dije que parara. Le rogué. Hasta que me agarró con fuerza y me empujó hacia la pared. Lo amenacé y cambió su mirada.

Le dije que no me podía hacer daño por la orden. Que no se buscara problemas. Que las cosas se resolvían mejor hablando. Me miró con ira. Me dio pena. Me dijo que no me preocupara, porque ese papel no estaba en vigor, no estaba en nuestro camino ya.

Comenzó a levantarme y empujarme hacia un lado. Un pasillo un poco largo que dejaba ver al final una cama. No podía creer lo que estaba pasando. No podía estar haciendo eso. No sería capaz. ¿Sería capaz?

Cuando entré a ese pequeño cuarto me quedé asombrada. Era una pequeña cama, común. Nada asombrante. Luego vi que en toda la pared al lado de la cama y detrás habían fotos mías. Era una locura. Estaba obsesionado. Fotos mías por todos lados.

"¡Vez que te amo, que te amé, que nos amamos!" empezó a gritar. Se arrodilló, "¿por qué hiciste eso Isabel, porqué me abandonaste". Me dio tristeza ver su cara de desesperación, pero estaba asustada. Era otra persona.

No entendí nada. Comenzó a hablar rápidamente. Se emocionaba cuando hablaba de lo que éramos. Se enfurecía cuando explicaba nuevamente, que yo tenía la culpa. Me dijo que estaba dispuesto a perdonarme.

Le dije que no quería nada con él. No me hizo caso. Inclusive se abrió más una ventana en su cuarto y trató de insinuar que fuéramos a la cama. Yo no quería nada con él. Antes, mucho antes sí, pero ahora no.

Se volaron algunas fotos mías. Le dije que me dejara en paz. Le pedí que me dejara ser feliz; y comenzó a decirme que la felicidad era él. Que yo sólo buscaba su aprobación para ser feliz con otro. Trató de besarme de nuevo. Lo empujé con fuerza. Se volaron fotos mías por su ventana grande. Me veía sorprendido, confundido. No lo creía.

Comencé a atacarlo verbalmente. Lo insulté, pero con la misma fuerza que no podía contraatacar, me tumbó en la cama. Se puso encima de mí y comenzó a insultarme. "Tú no quisiste hacerlo aquel día pero yo sí. Las cosas se hacen cuando yo diga. Yo mando." Me besaba, me manoseaba. Hasta que me llevó a la esquina de la cama y logré empujarlo. Se dio con la esquina de la mesa de noche.

Se quejó y aguantándose la cabeza con las dos manos logré levantarme. Me miró enfurecido y caminó hacia mí. Me agarró la garganta. Me pegó a su ventana, haciendo que mirara hacia abajo, como si fuera lo último que podría ver. Logré respirar un poco en lo que me enfocaba en el mar que se veía borroso. Hasta que escuché las palabras que más había odiado: "No me importas, no vales nada, eres un estorbo y estuve contigo porque no tenía más remedio, por lo menos tenía un plato en la mesa asegurado, si entiendes".

No pude más. Si era el último día de mi vida tenía que ser libre. Comencé a gritar y a pelear. Me alejó de la ventana pero seguía aguantándome, hasta que empecé a quejarme y me soltó. "Tú fuiste el culpable de que perdiera las ganas de vivir y de amar. Hiciste que perdiera a mi hijo. Te odio, me hiciste hacer el amor a la fuerza. Me mentiste, me heriste, me diste, me mataste el amor. Heriste mi alma, estúpido, te di todo y con eso me quieres pagar, matándome". Se echaba hacia atrás lentamente, como si con mis palabras lo hiriera como él me hirió a mí.

Se acercó mucho y miró hacia abajo. Desapareció en un abrir y cerrar de ojos. Yo no pude aguantar las lágrimas que bajaban por mis mejillas. Estaba muerto, pero sabía que era diferente. Yo viviría con algo muerto siempre, una muerte de sentimientos. Algo que no podía resucitar a mi hijo ni sus recuerdos. Logré salir del edificio y llamé a Mateo.

Descubrí que además de llorar, lo único que quería era escribir. Quería desahogarme de otra forma, ya que no podía ni abrazar a Mateo que trataba de consolarme. Mi vida estuvo al borde de la muerte; tenía que hacer algo además de escuchar a otras personas que me contaban, fuera del periódico, las historias ya muertas.

Les arrebataron sus vidas. Por lo menos a mí me quedaban pedazos de mi alma y una mano que funcionaba para crear otra historia, que honraría aquello que nunca pudieron decir. Escribí desde el mismo día que realmente se puso el punto final de Armando y me acordé que gracias a Dios yo no había todavía, puesto el mío.

Son las cuatro y diez de la tarde y veo mi muerte por la ventana. Siento que alguien me arrebata y me eleva a otro lugar que creo mejor. Siento la compañía de un ángel que me protege, pero ignoro su voz porque es mi despedida. Este papel es mi testigo, mi testamento y mi único amigo.

Siento de repente que pude haber hecho más. Pido para que lo que hice sea un ejemplo. Siento que no es justo y que llegó mi hora. Realmente quisiera estar tranquila y conciente de que es mi última oportunidad. Aunque lo que hago es pedir perdón, limpio mis errores y entrego mi corazón.

Deseo poder existir otro día para vivirlo. Deseo vivir lo que he planificado y no he logrado efectuar. De todo corazón deseo hacer lo que quiero. A la misma vez, en este momento, una fuerza superior me invita a desear mi muerte para salvar a los demás que simplemente no han vivido. Es más fácil sufrir por algo que se tuvo y se perdió, que por algo que sólo se deseó y no se llegó a conseguir. Me sometí al silencio y perdí la esperanza de encontrar mi libertad.

Una nube gris, no me deja ver el mar y estoy a su lado. Es el símbolo que pasa por mis ojos en este instante, en este adiós. A Dios le pido un momento para que pueda ver las bellezas que descubrí. Le pido que no me haga sufrir más y que me lo quite todo de una vez. Le ruego que cuando recuerden lo que tuve, le puedan echar la culpa a él. Un filo, un relámpago, una alarma, que refleja en un segundo mi vida entera. En lo único que pienso, es que soy dichosa en este momento porque puedo escribir lo que siento. La pena mayor de este adiós recae en lo que no dije a tiempo.

VII

....